Editor
Plinio Martins Filho

Conselho editorial
Aurora Fornoni Bernardini
Beatriz Muyagar Kühl
Gustavo Piqueira
João Angelo Oliva Neto
José de Paula Ramos Jr.
Leopoldo Bernucci
Lincoln Secco
Luís Bueno
Luiz Tatit
Marcelino Freire
Marco Lucchesi
Marcus Vinicius Mazzari
Marisa Midori Deaecto
Paulo Franchetti
Solange Fiúza
Vagner Camilo
Walnice Nogueira Galvão
Wander Melo Miranda

"Finalmente achei um tempo para ler com maior cuidado o seu texto. Gostei muito. É tenso e denso. Talvez uma radicalização do Becket, a quem você se refere."

Augusto de Campos

Æ

M. A. Amaral Rezende

Sem nenhum, nem nem agora

Copyright © 2023 by M. A. Amaral Rezende
Direitos reservados e protegidos pela Lei 9.610
de 19 de fevereiro de 1998.
É proibida a reprodução total ou parcial sem
autorização, por escrito, da editora.

Dados Internacionais de Catalogação na Publicação (CIP)
(Câmara Brasileira do Livro, SP, Brasil)

Rezende, M. A. Amaral
  Sem aqui, nem agora / M. A. Amaral Rezende.
- 1. ed. - Cotia, SP : Ateliê Editorial, 2023.
  ISBN 978-65-5580-108-8
  1. Poesia brasileira I. Título.

23-153742   CDD-B869.1

Índices para catálogo sistemático:
1. Poesia : Literatura brasileira B869.1
Aline Graziele Benitez - Bibliotecária - CRB-1/3129

Direitos reservados à ATELIÊ EDITORIAL
Estrada da Aldeia de Carapicuíba, 897
06709-300 | Cotia | SP | Brasil
Tel.: (11) 4702-5915 | www.atelie.com.br
contato@atelie.com.br | facebook.com/atelieeditorial
blog.atelie.com.br | instagram.com/atelie_editorial

Impresso no Brasil 2023
Foi feito o depósito legal

A Augusto de Campos,
rigor até mesmo quando lê.

Cada vez faz mais frio, já não sei há quanto tempo, nem se horas ou dias. Escuro, pior que uma tumba, fechada por pedras imensas. Barulhos sempre um pouco, muito pouco, a água mesmo parada move-se por uma desconhecida razão, os outros não se movem ou se movem em silêncio. Seria bom se emitissem algum som. Sim, com o frio talvez eu me habitue, chegará um ponto onde não sentirei mais.

    Ontem, ou melhor, algum tempo atrás, senti fome, mexi-me para ver se encontrava algo para beber ou comer, ainda que não conseguisse me orientar. Há muito não mais treinara em orientação cega. Com o choque do que parecia uma explosão, caí no chão, fui jogado contra uma parede de aço, quando levantei tudo escureceu. Não via mais que como olhos bem fechados. Abri-os e pisquei. Rápida e lentamente, sem notar diferença alguma, sem enxergar nada. Estranhei, não sei ainda se o choque me cegou por completo ou se as luzes se apagaram, todas em uma mesma fração de segundo, sem nenhum som. Quando é que vou saber a verdade, se a causa da escuridão foi dentro ou fora de mim, não sei, ainda que espere vir a saber.

 Agora, isto é, o que me parece ser agora, no mesmo momento em que escrevo, sinto bem meu corpo, sinto até demais. Não acho inútil sentir cada fio de cabelo porque se precisar de algum passatempo, posso me dedicar a contar quantos fios de cabelo tenho. Para não me confundir, arrancarei cada fio contado. Não todos não, dividirei minha cabeça em pedaços iguais ou semelhantes na medida do possível, uma ponta do dedão para cada pedaço. Além de passatempo, será um modo de medir o tempo.

 Ainda bem que não haverá ninguém a me ver porque poderia pensar que enlouqueci ou diria alguma coisa desagradável. Depois que acabar esta conta, iniciarei outra tarefa.

 Paro para pensar, nem sei se o que escrevo é uma carta. Estou escrevendo com uma caneta esferográfica, porém, por não conseguir enxergar, não sei se o que escrevo,

se algo se escreve, se fica registrado no
papel, se a tinta deixa algum traço ou se a
tinta acabou há muito, se o frio a impede de
escorrer na esfera da ponta. Escrevo sem me
preocupar com isto, é um risco que não me
incomoda. Se a caneta sempre escreve, nem
que por inércia, deve ainda estar escrevendo.

    Faço uma pausa, sem largar a caneta e o
caderno. A cadeira gira, movo-me um pouco.
Foi ótimo que a cadeira e a mesa sobreviveram
ao choque, como o pequeno caderno que
carregava no meu bolso. Sem eles, não teria
nada a fazer, fora arrancar os meus cabelos.
Nada me faria perceber que o tempo passava,
nem eu teria como voltar atrás no tempo. Para
isso, dependeria de minha nada confiável
memória, algo muito incerto. Tão pouco
confiável que seria capaz de se apagar como se
apagaram as luzes, fora ou dentro de mim.

    Passaram-se mais ou menos 30 horas.
Era o tempo que tinha de sobra, perdi um
companheiro, meu relógio, deveria ter
desligado antes, ter economizado. Esqueci
de que a bateria acabaria, desligada ela me
concedeu a eternidade. Antes sentia-me
imortal, agora me sinto eterno, sem começo
nem fim.

    Realmente, é muito curioso, para não
dizer insólito, escrever sem saber se estou
escrevendo. Escuto o raspar da ponta da
esferográfica, mas não sei se algo é escrito, se
as palavras aparecem no papel, se são legíveis.
Sinto-me um cego, a pior deficiência, a que
mais e sempre me aterrorizou. Agora, vejo que
não é tão grave, sei que um dia voltarei a ver,

a luz, a escrita, onde estou, o que há a minha volta. Sei onde estou, em um compartimento blindado. Não me mexo para não me arriscar a uma queda, poderia ser fatal. A água no piso deve estar gelada, morreria em segundos. Fico imóvel no compartimento. Apenas, aqui sentado, escrevendo para não sentir nem fome, nem sede, sem sono.

Silêncio, não há mais a música de antes. Este silêncio é como aquele que se seguiu à primeira explosão. Jamais imaginaria que viesse a segunda. Muito mais forte. Só parei de ver algo quando abri os olhos. Até agora, não sei quanto tempo depois, não sei se aconteceu algo, sei apenas que algo aconteceu.

Ligaram as luzes de emergência. O capitão contou 23 sobreviventes. Parece-me que sou um deles, apesar da penumbra, vejo alguma coisa. Ninguém fala. Apenas obedecem a ordem de ir para o compartimento nove, sempre em silêncio. "Nenhum de nós vai sobreviver", a frase era a única fala que se repetia de um para outro. Ninguém precisava saber do porquê desta profecia que já acontecera mesmo. Pelo silêncio, tive certeza que dos sobreviventes não havia mais nenhum, sou a única exceção.

As luzes apagaram novamente.

Parece-me que estávamos afundando, ao contrário do previsto. Não afundaria nunca, era o que me ensinaram. Porém, quando paramos de afundar, não tive mais dúvidas, estávamos no fundo. Se abrisse a porta, poderia sair andando pelo fundo do mar, como se em uma praia lodosa. Gostaria de estar escutando as três últimas sonatas de Beethoven. Minhas preferidas, com seu ar de que acontece algo que se acaba, mas não termina, sempre haveria algo depois.

Não sinto sono, nem penso nos que ficaram em terra, talvez preocupados comigo, se é que lembram de mim. É lógico que não estranho não me enviarem nenhum sinal ou mensagem já que não lhes envio nada. Aqui não há mais diálogo algum, menos do que antes quando não havia nada, exceto quando voltava das viagens. Há apenas suspense, não é espera, não espero nada, seria uma surpresa, um susto se algum sinal viesse de fora. Acho que não estou mais preparado para receber qualquer visita. A espera não é mais espera, já não espero, nem sinto mais o tempo passar.

Meu organismo também está vida sem vida. Está tudo parado, o único que se sente vivo sou eu, meu corpo não dá mais resposta, nem me faz perceber ou reconhecer nada. Se algo sinto, deve ser o que seria o irreal. Já nem sinto o medo da morte, aquele que antes me incomodava, não muito, mas me inquietava às vezes,

Curioso, sem vir de lugar algum, me surgiu a lembrança de Dirk Bogarde, em "Morte em Veneza", assustado como eu, a voz em off, "olha a morte, cheio de beleza e imortalidade ... a vida". Será que esta vida tem algo a ver com um estado de entre vida, agora e mais nada.

Pode ser uma micro alucinação ou falta de sono, não sei há quanto tempo, se uma noite ou diversas noites. Acabei de escutar uns ruídos sem conseguir identificá-los, os primeiros desde que comecei a escrever, diferente do raspar da caneta no papel quando acredito escrever. Impossível saber de onde vem esse som, não há como esperar que venha de alguém. Por aqui não há ninguém, lá fora, menos ainda, onde devemos estar não há como chegar alguém. Somos não encontráveis, fomos feitos para não ser encontrados por ninguém. Neste falso aqui, esperar algo é ridículo, coisa de insano, se alguma sanidade me restasse.

Isto me faz pensar que não sobreviverei, como os outros não devem ter sobrevivido ou preferiram o silêncio absoluto, como foram treinados. Não estamos aqui para nos desconfortarmos, qualquer ruído pode colocar em risco a vida dos outros. Não sei, talvez ninguém saiba o que causou a explosão, se de dentro ou de fora.

Talvez esta seja a primeira vez que penso na possibilidade de morrer. Sempre fui treinado para não morrer, apenas para viver, como agora. Sei apenas que não se trata de esperar que venham me tirar daqui. Salvar-me depende de mim ainda que não veja nada a fazer. Nada que não seja escrever, sempre sem enxergar ou sem me arriscar a andar. Nem falar sozinho, comigo mesmo, para mim mesmo. Arrisco-me a me fazer escutar, ainda que não caiba para alguém ou para ninguém. Preciso apenas ficar de boca fechada, com força para que o tremor dos dentes, pelo frio, não seja escutado por alguém, mesmo que seja eu mesmo. Seria imperdoável, insuportável. A vantagem é que este esforço é um exercício para quebrar a rotina, mesmo se permanente.

No fundo, estou em estado de alívio. Não precisarei mais suportar os outros seres ditos humanos. Sem saber quanto tempo passou, tenho que esperar o tempo passar, se é que passa, sem saber se é que passou mesmo, pois não vejo o sol surgir e se pôr, sem nenhum outro sinal, natural ou artificial. Hoje, se é que há hoje, esfriou ou parece que esfriou. Pela primeira vez, senti frio, ainda que superficial, pela fala, sem chegar no interior das mãos, sem outro sinal. Apertei os dedos para afastar a dor, deve funcionar nem que seja para fazer alguma coisa.

É curioso estar a fazer nada. Assim como não me reclamo de não ter nada a fazer. Nada a ver, nada a sentir, nada a pensar, apenas escrever, mesmo que cada vez menos. Será que pararei de escrever em algum momento? Já me habituei a não ver o que escrevo, a não ler, nem saber o que escrevo, se é que escrevo mesmo ou apenas forço a caneta raspar o papel. Será que o escrever acontece apenas na imaginação? Ou será que nem isso e que não passa de um mistério que inventei para não ver o escuro, ou melhor, para não perceber o escuro, que não percebo nada antes, agora e, com certeza, depois.

Só paro de escrever quando não escuto o riscar da caneta no papel. Um silêncio que me purifica, como se soubesse meditar. Sei que se o fizer posso dormir e não acordar. Muito risco. Não tenho vontade alguma de dormir para sempre, nem que morto, algo impossível. Depois que tudo aconteceu, sei que estou condenado a viver até o último momento, aquele que não terei tempo de conhecer e, muito menos, de reconhecer.

Melhor dizendo, é impossível que aconteça o último porque não sei mais qual é o primeiro ou o inicial, nem o seguinte, nem o anterior e o posterior, nem o final. Agora, para mim, o final não é mais que um gesto, quase mecânico, que aplico ao completar uma frase, como ponto final. Marca um tempo para respirar mais fundo, fazer uma parada e fechar os olhos, hábito de antes, inútil depois.

Quando fecho os olhos, não sei por quanto tempo, se por segundos ou por horas, é como no meu tempo antes do escuro. Talvez seja por isso que não espero por nada. Já tenho certeza que nada pode me acontecer, que nada acontecerá por aqui, nem fora. Com certeza, é por isso que não me falta nada. Esperar é apenas uma palavra. Não há o que esperar, nada acontecerá, como já aconteceu no passado, não há por que acontecer no presente ou no futuro. Ou devo concluir que viver no presente é impossível porque já vivi no passado.

Os dois dias não passam, não há hoje, amanhã ou ontem, não há nada anterior ou depois. O tempo deve sentir mais frio que eu, congelou-se ou, pelo contrário, é puro não sei o quê. Passa de um momento a outro, sem mais nada, sem deixar rastro algum, sem sinal do momento seguinte.

Mesmo as palavras como hoje, ontem. Anterior e seguinte, não tem reais razões de ser. O tempo é uma ideia vazia. Preciso me ter esta certeza como definitiva. Sim, na verdade, já é na medida em que o tempo não se mostra. Não adianta nem contar a sequência de batimentos de meu coração, como venho fazendo. Ele pode bater, mas não sei se em sequência. Entre um batimento e outro não sei quanto tempo deveria se passar. Não passa nada, há apenas aquilo que pode ser um ritmo, ainda que indescritível.

Esta situação me faz concluir que não há momento algum porque se houvesse se esvaneceria. Mas, não se esvanece porque nunca aconteceu, nem como pausa ou intervalo, nem como ponto ou lugar no tempo. Não existe como tal porque o tempo deixou há muito de existir.

Pena que não me lembro dos livros ou artigos que li sobre o tempo, nem das aulas de física ou filosofia. Tudo que teria me acontecido antes se esqueceu e eu esqueci mais ainda. Tudo que me lembro é presente: é de estar sentado nesta cadeira, com este caderno e esta caneta. Reconheço-os pelo tato, como um cego, e pelo ruído da ponta da caneta no papel. Maravilhoso sinal de vida, o único que me faz crer que existo, desde que não queira mais.

As pausas no escrever são para reativar minha vontade, minha necessidade de escrever. Porém, não devo me perguntar se o intervalo entre uma frase e a seguinte é curto ou longo. Jamais chegarei a resposta

alguma que não seja incerta, desprezível.
Este eventual intervalo é bom apenas para
verificar que a folha em branco não me causa
tensão alguma pela simples razão que não há
folha em branco. Não sei se já foi preenchida
pela escrita ou por desenhos quaisquer. Sei
apenas que tenho uma folha a minha frente
e que devo escrever sobre ela, restos de uma
disciplina que veio de algum lugar, ou criada
quando escrevo, sem nenhuma razão de
ser. Posso estar escrevendo uma frase sobre
a outra, ilegíveis como uma mancha de
palavras indecifráveis.

    Por que continuo a escrever se ninguém
lerá o que escrevo? É uma pergunta supérflua,
sem resposta. Não escrevo para preencher
o tempo vazio como um dito passatempo
porque já concluí que vivo sem tempo algum.
Não escrevo para ser lido porque ninguém me
leu, lê ou lerá. Talvez escreva para ouvir o risco
da pena no papel, ainda que seja sem o prazer
de ver o desenho das letras deixadas pela
caneta. Só me inquietaria saber como está
escrito, por simples curiosidade, se na vertical
ou na horizontal, se uma linha sobre a outra,
se uma linha sobre a outra ou se uma linha na
mesma altura da outra. Se legíveis ou não, não
me importa.

    Não faz diferença, não espero nada. É
irrelevante como não me lembrar de ler no
mar, não me serviria a nada se o lembrasse,
inútil. Não me serviria para nada. Não tenho
com quem falar, nem para chamar ou escutar.
Menos ainda para conviver, o que é um alívio,
por sinal. Não me dirijo a mim mesmo pelo

nome, puro desperdício se o fizesse. Posso conversar comigo mesmo sem precisar de um nome. Esta falta de uso do nome o eliminará de vez, como elimina agora. Mais uma razão para que possa afirmar que o futuro não existe. Fora o que acontece, nada acontecerá, lá fora, como se existisse, pode estar sol, sem nuvens, um dia que mereceria comentários. Como não o vejo, nem a luz solar mais forte, também merece ser esquecido. A tal história de que os buracos negros são atravessados pela luz, acontece em outra galáxia, pode mesmo acontecer em outra galáxia. Por aqui, é uma fábula, um transmuto ou transcepção, como li em algum lugar, o que vem antes do começo. Bem como estou; mas, com uma diferença, é que, por aqui, não há começo, ainda que possa ter fim. Se houver, não muda nada para mim, porque não verei o fim, nem o último.

Bom, acho que este assunto pode estar encerrado, já escrevi muito sobre ele. Não pretendo voltar a ele ainda que possa voltar, muito provavelmente. Por menos que seja, o tempo sempre surpreende. Mais não existe, mais insiste em voltar a existir.

Esta ideia de antes do início é intrigante. Será que eu mesmo, minha situação a exemplificam? Seria bom se tivesse algum sinal, teria algo para me acomodar, inquietante ser nada, como se um vazio no vazio, rodeado de vazio por todos os lados, como poderia ser a metáfora uma ilha vazia cercada de vazio por todos os lados, sob o vazio e sobre o vazio. Me faz perguntar, quais, então, seriam os limites deste vazio? Vazio também? Até prova em contrário, tenho certeza que sim. Seria simples como o vazio, vazio é vazio ou o vazio vazio é o vazio. Ou seria mais claro se repetisse a palavra vazio por infinitas vezes? Poderia começar agora e acabar quando não acabasse.

É por inquietações como esta que prefiro o escrever até saber o que a escrita aceita. A visão tem dificuldades ou mesmo impossibilidades de ver e aceitar, neste talvez aqui menos ainda. Se está escrito, é indiscutível, mais concreto é impossível. Não tenho dúvida alguma, isto me tranquiliza.

Esta palavra parece me definir agora, tranquilo. Minhas inquietações desapareceram. Nenhuma me incomoda. Nenhuma interrogação, nem afirmação, nem negação ou exclamação, afirmação menos ainda, além daquelas que a escrita registra e que surgem aqui ou ali, sem prenúncio algum, sem exigirem conclusão, sem provocarem dúvida, sem ansiedade alguma. Apenas registro por honestidade uma vez que surgem sem certeza.

Renegar, se possível, tudo se renegaria, renegaria como agora, como sobrevivência. A vida já renego por não fazer questão de viver assim como estou a viver, daí se algo sobrar é a sobrevida, a que me mantem mais que vivo, talvez imortal. Sem desejo algum, sem inércia alguma, instinto menos ainda. Como meus movimentos, não há nenhum que se faça, nem os deixo acontecer. Seria insuportável se quebrassem o silêncio, sem ninguém a escutar ou enxergar. É um alívio saber que posso renegar em paz, sem ninguém em volta. Sem nem mesmo o risco de surgir alguém. Nem mesmo na imaginação, que já não exercito a muito, talvez apagada, fora de funcionamento, se é que algum dia se ativou.

Nem a imaginação, nem a memória, nem a espera, me sinto livre de qualquer obsessão, nada mais a ver, nada mais a suportar. Eu poderia usar uma máscara de monstro que por mais assustadora ou obscena que fosse não assustaria ou repugnaria a alguém. Ver a minha cara não assusta nem a mim mesmo por pior que esteja, não importa. Nada mais importa, nada mais merece meu desprezo. Renego a tal ponto que me sinto pacífico. O escuro do lado de fora de meus olhos agora está também no lado de dentro. Todo meu cérebro é uma sombra absoluta, pura recusa de qualquer algo nomeável ou reconhecível mesmo que sem nome.

Tento renegar novamente, impossível. O que havia a renegar, já se renegou, tudo desapareceu. Por mais que tente voltar atrás, ainda que como simples exercício, é impossível. Pelo renegar, fui eficaz. Não há mais nem o que negar. Se tudo nego, será que há algo que seja inegável? Esta pergunta fica no ar, me incomoda. Será que ela se aplica a mim, não seria nem um pouco agradável, mais que o frio. Não me habituo jamais a esta inquietude, a de congelar, por mais que a suportasse. Mesmo sabendo que é falsa, ela permaneceria verdadeira por si mesmo. Pelo menos, enquanto eu não a respondesse, isto é, sempre, sem volta desde o momento que surgiu. Aqui, se esta escrita não é relegável, ela vige não importa o que eu diga dela, se afirmar, negue ou renegue. Cada palavra cria uma afirmação ou será que me equivoco? A palavra renegar renega ou afirma? Se penso bem, renega ou reafirma a negação. Não há o que resista a tal, a não ser que esteja disposto a ser um mentiroso. Inevitável. Ou melhor, eu posso até mentir, porém, as palavras, em si, não mentem jamais. Se disse, no início, renegar, é renegar e ponto final. Nada sobra. Grande vantagem esta das palavras sobre os números. Estes são infinitos. As palavras são finitas, esgotam-se. Se vierem outras, neologismos.

    Hoje. Ainda que sem nenhum vínculo com o real, esta palavra surge, talvez como puro hábito. Não corresponde a nada, nem no sentido figurado. Se algum sentido, pura alienação, coisa de louco mesmo. Se não há mais nenhum sinal do tempo, por que falar em hoje? Não pretendo repeti-la, ainda que sei que voltará, como já aconteceu outras vezes ou como já pode ter acontecido outras vezes. Se refletir alguma palavra não mais possui significado ou quer dizer algo por mais vago que seja. Se não há memória, não há presente. Ainda bem que para o escrever esta conclusão se aplica, salvou-se desde o fim do tempo. O tempo se eliminou, as palavras não se eliminaram, por acaso ou por vontade alguma. Será que a minha? Duvido, mas não digo sim com certeza. Também não posso dizer não, já que ainda escrevo. Mas, de algo estou certo: escrevo palavras que não me dizem mais nada, não posso mais lê-las, o escuro as apagou, assim que escritas. Curiosa contradição, ainda que insuficiente para me fazer não escrever, o que seria de esperar.

    Antes, entre uma frase e outra, podia acontecer uma pausa. Me lembro bem deste tempo de vazio, misto de certeza e incerteza. Não mais acontece. Escrever nada mais é que um fluxo de um gesto quase mecânico, sem suspeita alguma, ainda que jamais contínuo ou automático. Antes de escrever, penso e repenso cada palavra, às vezes, pois não sei quantas vezes. É o único prazer de certeza que me resta, nenhum outro. Nem preciso de outro, qualquer outro me dispersaria, perderia o essencial se isto acontecesse, não sobraria nada. Não haveria sinal algum de vida, ainda que me faça falta lembrar de algo. As ausências de meus nomes não me incomodam nem um pouco, mas, a ausência de outros nomes me inquieta um pouco. A ausência das pessoas não me incomoda nada, a ausência de outros não me perturba, mesmo se sei que esta ausência é fictícia, sem realidade alguma. Sem importância alguma. Pelo contrário, pode me ser prazeroso. Não sei para que me serviria se houvesse alguma pessoa por aqui. Talvez só me dificultasse a estar aqui, sem ter que perguntar ou responder, escutar ou se fazer escutar, falar ou ouvir. Pior, ver e ser visto, esperar ou desesperar. Assim, como está, melhor é impossível.

    Procuro, procuro, procuro que procuro, como dizem, não encontro, não encontro, nada e, muito menos, o que procuro. A bem dizer, nem sei o que procuro. Procuro sem saber o que procuro, sei apenas que procuro pouco, poderia procurar mais. Sem saber por que não o faço, não procuro muito. Se soubesse o que procuro, talvez fosse mais fácil encontrar. Mas, encontrar não é importante, desde o primeiro momento da procura, sabia que não encontraria nada. Ainda assim, insisto, acima e abaixo, à frente e atrás, acima e abaixo, procuro onde possível, mesmo sem saber o que procuro. Sei que saberei se encontrar, ao encontrar terei a resposta, saberei o que estava procurando, sem dúvida alguma. Um alívio, poderei descansar, algo que não faço a muito, desde não sei quando. Assim como não sei onde estou, se é que estou em algum lugar, se a algum tempo.

    Gostaria de saber se já escrevi esta observação, me irrita esta impossibilidade de reler o que escrevo. Posso estar me repetindo e me repetindo, sem ter como saber, ainda que não tenha importância. Não ligo a mínima para o que escrevi, sei que não vou reler, nem ninguém vai ler ou reler. Porém, sinto falta de ver as letras e as palavras, o único prazer da escrita, depois de escrita, capaz de compensar o esforço, ainda que não recompense.

    Volto à procura, agora, mais aplicada. Estou fazendo um rastreamento sistemático com o dedo indicador esquerdo, sem mover a mão do lugar. Já perdi a conta de quantas voltas já cumpri, por isso é que não paro. Sempre sinto que preciso me aplicar mais, ainda que não saiba quantas voltas estou a realizar. Não há como contar, me interrompo sempre que recomeço a escrever, uma atividade impede a outra. Às vezes, resvalo um pouco, sem saber o que é, bem que poderia ser o que estou procurando. Não sei se encontrarei mesmo, ou se apenas me seria um álibi para parar de procurar.

Não vou cair nesta armadilha, ou encontro ou não encontro, não posso parar de procurar enquanto não estiver plenamente certo que encontrei ou não encontrei, mesmo que saiba que não sei o que procuro. Pode ser que não saiba o que procuro, sei que procuro e isto parece me manter a procura de algo. Já que comecei, continuarei até me dizer. Chega de procurar, não encontro mesmo. Mais fácil seria dizer, não sei se perdi ou não sei o que perdi. Mais uma vez, volto ao álibi inicial, insuportável mentir para mim mesmo. Ou pura falta de imaginação. Se tivesse alguma, criaria um nome para designar o objeto de minha procura. Mas, num texto, posso me arriscar a ter que procurar algo muito fácil de encontrar ou, pelo contrário, algo impossível de encontrar.

De tanto procurar, acabei por reencontrar. Não o reconheço, não sei o que é ou do que se trata. É incógnito ou melhor algo incógnito. Reencontrei não sei o que ou, em outras palavras, não encontrei o que procuro ou encontrei o que se encontrei o que não procuro é que não encontrei o que devo procurar. Foi um exercício inútil, devo continuar a procurar até saber o que procuro mesmo com a certeza de que não sei o que procuro. Esta inutilidade não me incomoda,

nem um pouco. Me pergunto o que seria este
algo a procurar se não tenho como perder
ou esquecer nada nesta situação. Mesmo
de impossível resposta, sei que não posso
desistir nem do problema, nem da resposta,
ou muito menos de procurar com certeza que
acharei. Continuo a repetir o movimento de
busca, o dedo repete os círculos da busca,
sempre em movimento na mesma direção,
sem obsessão, mas com disciplina, sempre
tentando ser preciso e não passar pelo mesmo
ponto mais que três vezes. Poderia estabelecer
um limite, mas não o faço porque seria outro
álibi para não continuar. Coisa de preguiçoso,
imensa vergonha. Como alternativa para não
continuar, bastaria concluir que não acho
nada; porém, isto implicaria em saber o que
não acho ou descobrir o que procuro. Como
isto não acontece, nem vejo possibilidade
alguma de acontecer, não me sobra outra
conclusão, a de continuar a procurar.
Pelo menos, mais uma volta do dedo pelo
círculo da busca. Depois, poderei parar e
ir procurar de outra forma. Passarei a fazer
cruzes gregas, aquelas de braços de igual
dimensão, as que exigem maior rigor na
execução para não serem falseadas, os traços
verticais e horizontais não podem deixar
de ser perfeitamente iguais. Se não forem
iguais, deixam de ser uma cruz grega e serão
uma cruz qualquer, o que não quero que
aconteça em hipótese alguma. Além disso,
o cruzamento dos traços deve também ser
rigorosamente no centro, se é que não me
engano. . Todo este rigor é essencial ainda

que não possa ver para ter certeza de que se cumpriu, a certeza tem que vir dos dedos e dos músculos. Será possível? Preciso acreditar que sim ainda que me faltem provas.

    De repente, antes de concluir a passagem do círculo à cruz, me ocorre que poderia inverter o sentido do movimento circular; antes, da esquerda para a direita, e, de agora em diante, da direita para a esquerda. Deve ser uma boa ideia, uma nova tentativa deverá trazer os encontros, ainda que não alterará a certeza de que não sei o que procuro. Pelo contrário, aumentará esta certeza, em definitivo. A cada tentativa de achar algo, mais me convenço o que é este algo. Continuar, portanto, será uma boa forma de saber, ainda mais, que desconheço.

    Se não sei o que procuro, só me resta encontrar o que não procuro, seria uma surpresa irreconhecível. Não sei se ao encontrar algo seria capaz de reconhecer este algo como o algo que procuro. Ridículo, mas seria assim mesmo. As próprias palavras formam um labirinto, as frases são as retas e esquinas do labirinto. A escrita talvez não saia nem do mesmo lugar, incapaz até de voltear sobre si mesma. Não vai nem de um lado a outro, não fica também nem mesmo perto. É sempre incerta como se soubesse que não pode sair do mesmo ponto e, também no mesmo momento, saísse sem ir adiante ou voltasse atrás. Um estranho movimento de quem não se move, apenas se inicia sem se terminar. Isto diz bem o que estou a fazer, ou melhor, isto tenta dizer o que estou a fazer.

Não consigo dizer que é que faço porque não se deixa reconhecer ou não sei reconhecer nada. Para reconhecer precisaria saber o que conheci; mas, como não há antes ou depois, me sobra o impossível de até mesmo conhecer. Me sobram o que poderiam ser os preâmbulos e tenho que aceitar como não sinto anteriores porque jamais os saberei como posteriores.

Invejo as palavras, uma letra após a outra, ainda que não se saiba por que vêm em sequência, apenas colocam-se. Devem fazer sentido para alguém, ainda que não façam sentido algum para mim, como não as vejo. Simples questão de hábito? Se for é o único hábito que me resta. Não sei mais repetir nada, mesmo que soubesse, não seria capaz de repetir porque não saberia o que repetir, por mais que tentasse. Nem as voltas de meu dedo que procuro são iguais às anteriores porque não sei como são as anteriores, nem se é que aconteceram.

Eu poderia estar aqui por muito tempo, jamais saberia quanto tempo porque nunca reconheço a diferença entre estas e outras, o lugar é sempre o mesmo, e nada muda, nem em mim, nem fora de mim. E não há como saber se muda entre antes de mim ou depois de mim já que não estarei aqui para denunciar. Ou, se estiver, com certeza não saberei notar diferença alguma. É importante anotar que estas percepções não têm nada de perda de memória porque ela está impecável, lembro-me de tudo que aprendi desde o início de meu tempo, lembro com

muita clareza. Não, não é amnésia não, nem
é efeito do choque. É algo que não posso
reconhecer não sei por quê. E que não sei
se haverá um depois em que reconhecerei,
nem nunca saberei. Só sei que cada vez sinto
como mais difícil este ato de escrever, deixou
de ser espontâneo e passou a ser um dever,
não sei para com quem, mas é imperioso,
como se final. Minha memória está perfeita.
Lembro-me dos poemas provençais,
provocam-me o fascínio das palavras
irreconhecíveis, com a mágica de seu som
que as justifica, fonema a fonema, como
agora me fascinam as palavras que escrevo,
sem outra razão de ser que a necessidade
interna, sem precisar de nenhum outro,
além de seu outro maior, como queria
Lacan. Elas se escrevem por aí, o que faço é
levá-las sem nenhuma dúvida. Não se trata
de "palavra puxa palavra", como diziam os
surrealistas, aqui, o que tenho para escrever
é um pensamento pensado e repensado,
ainda que impossível de reconhecer. O que
escrevo vale por si só. É ilegível porque
invisível, sem saber se será legível em algum
hipotético momento, aquele que não espero,
nem tenho por que esperar. Esperar seria
um desgaste inútil, em especial porque não
sei o que esperar, mesmo que soubesse
não teria que reconhecer se viesse a surgir.
Se é impossível imaginar o que esperaria,
se não reconhecesse o que espero, o que
esperar e por que esperar. Acho que por
nada e, portanto, se não há nada, não há
espera. Concluo, sem dúvida alguma não

espero mais nada, ou melhor, não espero. Além de tudo, mesmo se o que esperasse acontecesse, que diferença faria. Nenhuma, nada mudaria, nem eu quero que mude. Melhor que o silêncio, só o silêncio, melhor que a ausência dos outros, só a ausência dos outros, melhor que o escuro, só o escuro. Qualquer coisa que acontecesse, muito provavelmente, só pioraria a situação. Não tenho mesmo por que esperar, ou melhor, só tenho é que afastar ou recusar qualquer espera. Como antes, se reproduzisse agora a espera de um dia após o outro, seria obrigado a aceitar que o dia seguinte seria pior, muito pior que o dia de hoje. Nada como não esperar.

    Esperar seria também supor alguma mudança na minha situação, o que é impossível porque não conheço ou reconheço a situação, como já escrevi várias vezes, bem entendo, não reconheço porque não conheço o que acontece em minha volta, não é porque não consigo reconhecer o que seria possível se fosse uma questão de memória. Não, em definitivo, é uma situação de ausência do presente, não de ausência do passado. Porém, o presente é uma incógnita. Não o conheço, nem vejo ou tenho como conseguir conhecer. Mesmo os meus sons, imagens e pensamentos interiores acontecem sem que eu saiba de onde e quando vêm, se vêm de algum presente ou apenas indicam uma ausência atemporal. Para que a espera tivesse sentido, haveria que inverter a sequência: ela deveria acontecer após o fato esperado, assim

quando viesse poderia cancelá-lo, como
já deveria ter cancelado antes, cancelar o
equívoco antes de se demonstrar incorreto.

    Sem falar, escrever na sobra. Não tento
porque sei que não falaria; se falasse não seria
para ser escrita, seria ridículo falar sozinho,
não saberia nem se o som da fala seria real
ou apenas imaginário, não teria eco, seria até
cômico sem ninguém para rir. Se eu escutasse
não teria como me servir do escutado. Seria
sempre menos que o escrito, insuficiente até,
a exigir mais. Assim, sem alternativa, escrevo,
mesmo que não seja, sei que é tudo que posso
fazer, sem decepção ou frustração alguma.
Apenas lamento que não possa melhor ritmar
a escrita, como se fosse uma obra visual,
gráfica ou cromática.

    Examino meu caderno, vejo que já
passei da metade, resta-me menos que
seria a outra metade. Não me inquietarei.
Se chegar ao fim, posso voltar pelo verso
das páginas, ainda virgens. Não me queria
contar este fato, guardava-o como segredo.
Porém, é um fato óbvio: ainda que não o
veja, toda página possui um verso. É branca
de um lado e também é branca no outro.
Se escrevi em um lado, posso escrever no
outro lado. Preciso apenas tomar cuidado
para não escrever no lado em já escrevi.
Se o fizer, tornarei ainda mais invisível o
que já é ilegível porque invisível. Sei que
escrevo porque escrevo e produzo o ruído da
ponta da caneta ao raspar o papel e, talvez,
deixe uma sequência de palavras, frases e
parágrafos. Apesar de invisível, não me deixa

com curiosidade alguma de ler ou reler o que escrevi. Me lembro que antes as palavras possuíam sons. Agora, não possuem mais som algum, escrever é um exercício, sem prazer, nem desprazer, apenas uma repetição de enigmas e mistérios, sempre indecifrável. Não é para menos que cada vez se torna mais surpreendente. Nada mais fácil, ora mais difícil, quase no limite do impossível, ainda que saiba que esta impossibilidade é falsa, puro álibi para deixar para depois. Impossível de deixar para mais tarde pela simples razão que não sei se haverá este depois. Para que existissem seria necessário que o momento atual terminasse. Como não termina, e não deixa que apareça o tempo seguinte, como se fosse uma tela transparente, aquela que deixa apenas ver o que está por trás.

Tento falar, ou melhor, falo, mas não escuto. Sei que estou falando, mas também sei que não estou escutando, como um espelho sem imagem. Os movimentos dos lábios, e da boca, da língua só se deixam perceber quando aplico a mão sobre a cara. Som não acontece nenhum. Pode até ser que esteja me esquecendo de algo, deixando de completar o movimento. É pena, mas como não tenho como confirmar só me resta desistir.

Se estou aqui é para não ter o que fazer, nem nada fazer. Talvez mais nada que antes de vir para cá, agora é nada mesmo. Sem inquirir coisa alguma, sem nada nem a perguntar e, portanto, nem a responder, sem nem mesmo a preocupação de saber que o tempo passe ou não passe, uma questão que não se coloca mais. Se antes, muito antes porque não sei quando, me inquietava a ponto de incomodar, já não se coloca mais. Como se os verbos agir ou fazer não existissem, um tempo de nada, sem tempo, sem ser algum, apenas o escrever, ininterrupto, indiscutível, escrever sem dia. Sem outro rastro que não o da escrita, sem nada a dizer, desprezo pelo que se lê, apenas cuidado para que as linhas não se sobrescrevam, sem risco de que o ilegível se torne ainda mais ilegível. A clareza da escrita é essencial, mas a leitura é acidental, supérflua e irrelevante. Por que seria diferente já que eu ou qualquer outra pessoa não vai ler ou, muito menos, reler? Um suicídio anunciado antes da vida começar.

    Aqui, me volta uma frase pomposa, mas que pode valer o registro, o impedimento da ação é a própria ação. Deixar de escrever, contudo, é bem diferente: seria não escrever, algo bem ao contrário. Daí a necessidade de escrever, impossível de parar. Escrever é bem diferente de agir ou fazer, de ser mesmo. Escrever pode se repetir. É até mais fácil, nos momentos de querer interromper. Se houvesse como reler, poderia recopiar este texto, o que foi escrito, do começo ao fim, sem pausa, por não sei quantas vezes, sem nem pensar que estaria gastando a tinta. Não seria em vão porque estaria escrevendo. Não tenho que me preocupar com isso, tenho certeza que encontraria outra caneta, em alguma das gavetas da mesa onde escrevo. Ainda não procurei porque não tive por que procurar. O que tenho me basta para escrever sem interrupção, palavra a palavra, linha a linha, página a página, sem contagem alguma, sem pausa nenhuma. Com intervalos para apenas recuperar o impulso para continuar a escrever, cada vez mais animado a não interromper a escrita. Não importa se os olhos não veem, ninguém precisa ver o que se escreve. Se foi escrito, basta. O que não posso deixar acontecer é não escrever. Ainda bem que não me pergunto que seria se não escrevesse mais. Não responderia porque não teria o que responder, se respondesse seria uma resposta vazia, sem nem se pretender ser resposta. Não seria digno de se escrever, não justificaria o ato. Seria quase tão irrisório quanto a própria escrita que se pretendesse ser uma resposta, quase transparente, sem nada ou como nada. Pode até ser que a escrita assim se revele, sem o nada a ver sobre uma marca no papel, algo como a fala de um ator que esqueceu seu texto.

    A palavra, as palavras saem letra a letra. As palavras saem desintegradas, uma letra não tem nada a ver com a outra, imitam as palavras nas frases. Preparam-se para se dissolver ou nascem já em dissolução? Não me preocupo em responder. Nem mais pergunto, apenas escrevo como querem ser escritas, em sua pura forma, mais concreta impossível. Não conto letras porque não sei mais contar, depois de três perco a conta, não sei nem mais passar de três a cinco. Me disperso talvez porque entre uma e outra haveria um lapso de tempo?

A boca se movia, sons poderiam acontecer, os olhos tentariam expressar algo. O que acontecesse, porém, seria mais que óbvio ou vulgar, seria um menos completo. Exigiria uma escrita do menos quase, algo como abcghtxa, uma pseudo palavra, nem por acidente algo se mostraria, seria o abaixo do ilegível. Na verdade, seria a vigília de um sonho, desde as origens do sonhar, desde muito antes da primeira escrita. Persigo-as, registro quando pareço ter algo que se aproxime da hipótese inicial, mesmo sabendo que não é mais que uma hipótese, uma possível falsidade ou falácia. Entre as palavras, há uma infinita distância que não tento percorrer. Seria inútil, mesmo que acontecesse por si mesma, não teria onde começar, exatamente por ser infinita, sem começo nem fim, nem meio, muito menos. É assim que me obrigo a escrever, mesmo se sei que não há o que escrever exigindo que faça algum sentido maior, que faça todo o sentido. De tanto tentar, espero provar que é uma tarefa inútil, ou melhor, capaz de demonstrar que não deveria nem começar. Se comecei foi por puro hábito, vindo de não sei onde já que não tenho mais nenhum hábito abandonado por alguma desconhecida razão. Se não fosse tão esnobe, diria: se Beckett fez o inominável, tento fazer o inescrevível, também inescrível. Bem esnobe, não posso deixar de escrever, algum prazer preciso, pelo menos, por uma vez ou outra, senão não suportaria este exercício permanente, o de escrever sem pausa alguma, do começo ao fim do caderno.

Sem sinal algum que me desperte a atenção, retorno e retorno à inscrição de palavras, sem mais perguntar se alguns sentidos expressam ou deveriam expressar. Seria ideal se sustentassem a si mesmos como as esculturas metálicas de Leon Ferrari. Dispensariam qualquer visualidade, resistiriam ao fato e provocariam ruídos se tocados com algo sólido, como a caneta por exemplo. Não deixariam palavras, mas se dariam a perceber, indescritíveis. As palavras não discutem nada mais, os sons é que se afirmam, ainda que não os escute por aqui, onde o silêncio superpõe-se a qualquer som. Deve ser tanto silêncio que poderia mesmo escrever ausência de silêncio, mais imperativo que ausência de sons, até mesmo os sons do interior de meu cérebro desapareceram. Até mesmo as memórias de outros sons desapareceram, sejam eles quais forem. Será que se surgissem seriam também enigmáticas ou não seriam som de nada? Há que se perguntar ou se afirmar, entre uma e outra hipótese, não há resposta alguma. Na verdade, a certeza, qualquer certeza esvaneceu-se, desde que só há o presente, onde não consigo mais ter nenhum registro do tempo, se passa ou não passa, se busco alguma ilusão ou se o aceito como uma falácia que me inventei não sei porque. A única curiosidade que intriga a este propósito refere-se à lembrança de sagas e épicas ou narrativas, como os grandes clássicos, todas com passado e presente, registros de passagem do tempo. Bobagem, não passam de ficções, não há porque crer que tenham algum fundo de verdade. E só tenho que concluir que seus fluxos temporais não são nada mais que imaginações, sem substância alguma, a não ser as palavras, outras ficções, que as registram. Não há por que parar, ainda não cheguei no final. Não cheguei nem no final das páginas que queria terminar nesta sequência, antes das outras sequências.

O que me inquieta é a semelhança entre o escrever uma palavra e o que seria a passagem do tempo. Deve ser outra bobagem, pura falta de ter o que fazer, como se quisesse fazer algo. Uma vontade que não existe mesmo. Não há razão alguma para fazer algo ou para ter vontade de fazer algo. Como estou sem fazer nada, absolutamente nada, estou bem, melhor não poderia estar. Não tenho mais inquietação alguma, não tenho que buscar algo que deixei de fazer ou algo que deveria vir a fazer. Minha situação é absolutamente inversa. Mesmo escrever é um fazer nada e me deixa bem, cada vez melhor. O único plano que sobrevive é de escrever até chegar ao não escrever, ao escrever sem gesto, sem caneta, sem papel, sem branco que não vejo, nem quero ver. Talvez, sem ver, estaria escrevendo sobre a mesma página já escrita por dezenas de vezes, som, frases e palavras escritas sobre outras frases e palavras. Será?

O sinal de interrogação não é mais que um ornamento ao final de uma frase; interrompe, mas não anuncia que outra frase deveria surgir, aquela da resposta. Não a escrevo não é porque não sei ou não há resposta. Não a escrevo porque me recuso a responder, como a testemunha que tem direito a calar-se. Não a escrevo porque não quero respondê-la, se o fizer estaria repetindo o jogo do diálogo, situação inverossímil nesta ausência de qualquer cenário ou paisagem, por menor que seja o espaço. Aqui, só tem apenas a mesa e eu, é tudo que sei junto a mim e a minha volta. Se algo mais ainda existe, ignoro e nem tento descobrir. Se der um passo à frente ou ao lado, arrisco desaparecer. Teria que procurar não sei o que em um espaço maior que os círculos de busca já percorridos pelos meus dedos. Impossível, tenho que me cuidar para não precisar parar de escrever. É a última coisa que me resta, se a interromper, pode ser que me perca em definitivo.

É como se as frases não existissem como algo em si, apenas uma sequência de palavras, cada vez mais a se desintegrar, até restar apenas um ponto, o ponto final, não só da frase ou do parágrafo, de todo o texto. Final, final. Mas sempre recomeçaria. Eu, pelo menos, sempre recomeçaria, não deixaria as palavras apenas porque um ponto aconteceu. Não me diria nada porque não o vejo, como não o vi quando o escrevi na página. Se nem sei onde aconteceu, porque iria acreditar que lá está? E se não sei onde está, se existe, é muito possível que não esteja, que nem existe. O que seria um ponto é apenas um intervalo.

Divirto-me em imaginar o tamanho deste buraco que não existe, será que seria como os círculos do Inferno? Ou como os buracos negros da Física, por onde a luz viria a escapar? Mas, seria uma possibilidade infinitamente remota, se não o fosse, por aqui, já teria penetrado ou eu poderia esperar que viesse a penetrar e iluminar a minha volta. Como não aconteceu ou acontece e como é absurdamente possível, não a espero mesmo assim como nada espero. Poderia aproveitar a inércia desta conclusão e cancelar a palavra possível. Já se tornou impossível. Como não deixa traço algum, nunca nem foi possível mesmo, é mais que efêmera.

....

O incontável, assim concluo sobre os números depois de tantas contas, por muitas e muitas vezes. Começo em 1, é fácil; com um pouco de esforço, o 2 segue, muito esforço, chego ao 3, por mais que tente, em seguida, nada vem. Tento colocar os três em sequência, também é impossível. Sempre me falta o mínimo seguinte, não vou além do que acabo de falar ou escrever. Tento o contrário, nada consigo, sem saber por onde começar. Se não há um traço inicial, impossível haver o traço final. Desisto, ainda que não queira parar de tentar. Pode ser que consiga, mesmo que não saiba o que tento. Nem sei o que tentaria, não há o que tentar. Não se cai a caneta, imobilizo-me, ou repito o gesto de escrever, o movimento da caneta sem tocar o papel, sem ouvir o raspar de minha pequena foice, aquela que risca. Os números do meio, como o 2, surgem, porém não há como chegar aos outros, perderam-se. Tento mesmo usar somente traços ou pontos para inscrever a sequência. Depois de muito tentar: impossível. A mesma conclusão volta sempre. Nem à frente, nem atrás. Nem antes, nem depois. Nem acima, nem abaixo.

    Se não tivesse paciência, nem recomeçaria a tentar; porém, como sou paciente, recomeço, mesmo sabendo que não tenho onde chegar. Já tentei muitas e muitas vezes, então, por que tentar mais uma vez? É o que faço, antes de tentar, fico a me perguntar onde pretendo chegar. Como bem espero, não há resposta alguma. Na verdade, já não mais, nem repito alguma questão já que não há sentido em perguntar se não há resposta. Nada a fazer, apenas insistir, não importa por quantas vezes, se não há a primeira, não há a última, por mais vulgar que seja, tenho que aceitar e repetir esta conclusão. Bem que gostaria de escapar de não me obrigar a um nível assim baixo, porém não, nada melhor me surge.

    Tento de outra forma, recuso a sequência. É uma boa ideia, os números assim falam, não mais um ao outro; agora, um ao lado do outro, não como números, mas como palavras, assim três, e seis, oito, zero, nove, uma dúzia, dez séculos, duzentos anos. Assim, é tranquilo, poderia escrever páginas e mais páginas. Não o faço porque seria desperdício, apenas gasto de tinta e papel, um risco que não posso correr, mesmo que não saiba por que, nem muito menos o que pretendo quando o caderno estiver pleno. Se ainda tiver tinta, nenhum problema, voltarei a escrever mais páginas já atualizadas. O resultado será invisível. Sem importância alguma.

Ainda bem que nada mais a esperar, se é que alguma vez houve algo digno de espera, a espera original, talvez pior que o pecado original, ridícula inversão da profecia. Aqui, não há mais espera, já que nem profecia alguma sobrevive à ausência de possibilidade alguma. Não me sinto mais atraído por rumo algum, seja pelo Norte, seja pelo Sul, seja por direção alguma. Tenho um ponto e um ponto basta, não há mais percurso algum, o ponto é final, ou melhor, o ponto é o ponto, um ponto e nada mais, é pura geometria que não aceita um ponto ao lado do outro; só aceita se dois pontos formarem um único ponto, idem para três ou quatro ou infinitos pontos será sempre um único ponto. O mesmo sobre a menor unidade de tempo, sempre acontecerão ao mesmo tempo. Não há um segundo após o outro, há um segundo e basta, imóvel, imutável, inigualável porque é o mesmo, sem jamais ser diferente, sempre e sempre, mesmo do mesmo: o Norte é sempre o Norte, o marco zero é sempre o marco zero, o único. Todo o resto pode ser qualquer coisa e, portanto, não é coisa alguma, sem semelhança, apenas sem diferenças.

É por isso que não espero sair daqui, sei que se saísse estaria em lugar nenhum e, portanto, sem vida alguma, muito menos a minha. Não há que sair, nem chegar a algum lugar. Estou muito bem aqui, aqui existo e ponto. O que preciso cuidar é que os pontos sejam sempre o ponto, se surgissem em lugares diferentes não são senão pontos, apenas falsos pontos, falsos, imitações que serei obrigado a suportar, a me deixar enganar, sem como poder demonstrar como mentiras desde a origem. Ainda tento me criticar: será que não tenho nada a esperar, mesmo? Olho em volta e me confirmo, não vejo nada, nem aqui, nem além. Se não houve antes, não haverá depois. Todos os inícios mostram que haverá jamais nada a esperar. Não há esperar possível. Assim como não há espera. Este assunto também está encerrado.

Se não há espera, não há nada que possa acontecer, assim como agora nada acontece, além do que já aconteceu. Poderia haver o que aconteceria se algo acontecesse, mas como nada tem como acontecer, nem mesmo o que aconteceria pode ter lugar ou tempo. Pura paisagem com jogo de palavras vazias, mais que transparentes, apenas formas, visuais e sonoras, nada mais.

É isso, não há mais nada a esperar nem muito reclamar, menos ainda a desesperar. Nem perguntar se não há o que esperar, o que esperar para o estar aqui. Nenhuma das perguntas se aplica. Ou melhor, talvez nenhuma pergunta se aplique, surgem sem precisar resposta alguma ou surgem sem possibilidade de resposta, surgem, então, sem razão de ser alguma. Não seria muito radical se respondesse: ficção. É isso mesmo que gostaria de escrever sem precisar fazer pergunta alguma, nem resposta alguma. Nem sempre pior, nem sempre melhor, não mudaria, nunca único, sempre o mesmo, mesmíssimo, pode-nos até dizer. Se melhor, não é pior, nem seria pior. Seria um pouco mais que igual ao que é, indiferente, não há como comparar. Não se mede porque não há como medir. Por aqui, não há igual, nem pode haver diferente. Há simplesmente. Sem sinal algum, nem de mais ou de menos, muito menos o de igual ou de diferente. Antes, até onde me lembro, vivia estes sinais; agora, são vazios, cancelam-se porque não servem para nada. Não são como as letras, nem outros sinais como o ponto. Não revertem a nada, nem a si mesmos. Muito menos a si mesmos, se renegam a si mesmos, desistem de si mesmos, como se tivessem uma não vida própria, aquela capaz de cancelar qualquer outra tentativa de existir.

    De tanto ver como estes sinais desaparecem, quase me desaparecem os outros sinais. Mas, não é que por um menos que um instante. Nem chegam a desaparecer, aparecem apenas, antes mesmo de reaparecer porque nunca desapareceram. Aqueles outros sinais, no entanto, já não têm mais por que ressurgirem. Pertencem ao passado, sem presente, sem futuro, muito menos. Na verdade, o que desapareceu ou está desaparecendo são as palavras presente, passado e futuro. Pois não fazem mais sentido para mim, já estou fora de seu alcance. Só teriam sentido se uma criança pudesse viver por aqui. Impossível.

    Por aqui, quem vive sou eu, sem outro algum. Sem quereres ou recusas, sem próximo ou distante. Sem nada a escutar, sem muito menos a falar. Supremo alívio. E não é por que tenho qualquer sentimento negativo em relação aos outros. É simplesmente porque se estivessem por aqui não teria como viver este mundo onde nada mais aparece, onde tudo desaparece, sem me causar inquietação alguma, assim, como também não provocar alívio algum.

    Apenas, mal posso respirar por mim mesmo, mas insisto. Como e quando quiser, sem precisar explicar ato algum, movimento algum. Sei que falta muito, para o que falta não sei. Como não sei, não me incomoda esta falta. Não tenho nada a esperar, nem mesmo para me deixar desesperar. Nem ruídos espero, o silêncio já se fez o de sempre. Porque, tenho certeza que se algo interrompesse o silêncio seria detestável, insuportável, talvez. Ainda bem que não me ocupo em imaginar o que não acontece, nem tem como acontecer. Não é que me acostumei, é simplesmente por uma questão de lógica, pelo meu modo de pensar. Penso o que penso, não penso o que não penso. Simples assim. Aqui, não há porque pensar, nem mesmo por um hábito do passado, se ainda existisse. Se pensar, por acaso, será apenas algo inútil, nem para viver ou sobreviver serviria. Viria e iria como se nada acontecesse, como nada viesse ou se andasse embora. Não há como vir aqui ou sair daqui fechado de todos os lados. Tanto que não há nem interior ou exterior. Há onde estou, ou deveria achar que estou, sem limite algum. É como se não houvesse dimensão alguma. Talvez seja por isto que insisto em escrever, não há como tentar desenhar.

Nada é desconhecido. Nem ninguém, muito mais ninguém. Tudo que há a conhecer ou nada, já é meu velho conhecido. O escuro, o preto, mais que o cinza, a sombra, completa, sem luz que a cause, o silêncio completo, os limites que não existem, os lugares por onde meus dedos passeiam, a cadeira na qual não me movo, nem para levantar, esta imobilidade. O som da ponta da caneta no papel é inevitável, deixou de existir. Agora, escrevo em silêncio, sem a resposta do papel. Indiferente, sigo a escrever, não preciso de resposta alguma, nunca nem houve, nem haverá resposta alguma, o silêncio vinha da falta de respostas, agora, o próprio escrever é silencioso, inegável, o silêncio poderia ser assim, mas, não é. O silêncio é certeza, mais concreta é impossível. Permanente. Mesmo quando tento gritar, para mudar um pouco a minha situação, não escuto som algum, apenas um bafo de minha boca, aberta até onde mais possa. Abro tanto que me exige um imenso esforço para fechá-la de volta. Não tentarei mais. Aqui, não faz sentido algum. Tentei alguma coisa, não leva, nem quero que leve a lugar algum, a estado algum. Já aprendi a viver sem me acontecer nada absolutamente nada. No fundo, é ótimo. Agora, sou imortal. Vivo agora como viveria pelos próximos milênios, talvez até mesmo se este meu lugar se transformar. Não me preocupo com isso. Se transformar-se, seria final, mas, como não vejo mais o tempo, não há por que ser final. Não há nada mais a esperar, não há nada mais a acontecer, nem aqui e agora como alguns poderiam afirmar.

Provoco o silêncio mais uma vez para ter ainda mais certeza, levanto e abaixo os pés, os dois pés com força. Como era de se esperar, quando chegam no solo, não há ruído algum. E mais, não sinto resistência alguma, sei que chegaram no solo, porém, sem resistência alguma. Será que o solo também se esvaziou, o mais sólido é o mais vazio? Com certeza, sem dúvida alguma. O limite inferior não existe mais, como não existe limite algum.

Me surge uma pergunta, será que sou uma alma? Logo respondo, não. Se fosse uma alma, não estaria escrevendo. Nunca soube que algumas escrevem, a minha não seria exceção. Isto não é uma regra, é uma lei, sem exceção. Mesmo aqui, onde não me parece existir leis ou regras, para algumas questões, as leis devem aplicar-se. Resigno-me a aceitar, portanto: não sou alma, nem vou me tornar uma alma, já que não há mais futuro.

Pena, bem gostaria de conhecer a vida além da vida. Talvez, reencontrasse a luz, pelo menos o cinza eu poderia reencontrar. Das outras cores, não sinto falta, do cinza sinto. Poderia até dizer muito se estas graduações me fizessem sentido, como um dia poderiam significar algo.

Agora, não mais. Volto a repetir, por não ter mais alternativa alguma, só há o preto completo. Com os olhos muito fechados ou muito abertos, não há diferença. Por aqui, não há mesmo mais nenhuma diferença. Tudo é menos vazio, ou pode ser mais vazio. É mais ou menos vazio, não há como saber se mais ou menos. Menos pode menos, mais pode ser mais. Pode ser menos vazio sem limite algum, assim como pode ser mais também sem limite algum. É como onde estou agora. Não há nada abaixo de onde estou porque não há um limite inferior. O mesmo vale para acima de onde estou. Não há limite acima, assim como, muito menos, limite lateral. Estico os braços para encontrar algo, não encontro nada. Chego até a levantar-me, confirma-se o vazio, continua a haver algo perigoso depois do vazio, como um abismo ou um escorregador muito liso, me haveria algo não sei onde, tal é a impossibilidade de que esta ideia seja verossímil. Não posso correr tal risco, melhor manter-me no mesmo lugar. Ainda que não o reconheça, conheço-o bem. Afinal, não me movo, nem tento me mover. Nenhuma parte de meu corpo pode se movimentar sem um acordo com todas as outras partes. Afinal, uma parte não pode tomar decisão alguma sem consultar e acordar-se com as outras partes, por mais voluntariosas e egocêntricas que todas sejam. Cada uma quer mais realizar a sua vontade própria que a parte vizinha. Chegar a um acordo entre todas é difícil, mas factível. Basta aguardar o momento em que todas não tenham mais vontade alguma, aí, se interrompe a questão, ou melhor, deixa de existir a questão. É quando as partes descobrem o erro essencial. Deixam de acreditar em uma vontade própria, desintegrada das demais, como se capazes de viver autônomas. Se percebem interligadas, algo mesmo ditatorial. O que uma quer, quer porque as outras querem e lhe obrigam a querer. Ou quer para obrigar as outras e outros também a quererem exatamente a mesma coisa. Em termos simples, se uma levanta, todas as outras devem se levantar, aquelas que são simétricas, devem se abaixar. Como se fosse uma orquestra, este compasso irradia-se por todas as outras partes, corpo, maiúscula ou minúscula, macro ou microscópica.

    O difícil destes quase-entendimentos é que não há pista inicial alguma, atalho algum, regra ou lei, determinam alguma. Se houvesse, seria mais fácil, pelo menos, mais rápido, haveria onde começar, onde terminar. São apenas miragens que se dissolvem, antes de se iniciar as exposições de motivos de cada uma das partes, todas premunidas de muita, de quase infinita paciência. Ainda bem que ninguém se incomoda nem com a presença, nem com a ausência do tempo, as discussões sempre muito cordiais podem começar quando começarem, por si mesmas. Assim como pode concluir-se quando as partes se entenderem. Às vezes, quando termina não sabem porque começaram as negociações. Aí, quando isto acontece, só lhes resta não se mexer, não fazer nada. Onde a questão parece essencial, voltam a criar uma nova negociação, mesmo sabendo que não tem porque reiniciar uma questão que já se provou inexistente. Mesmo porque não há parte prejudicada ou parte beneficiada, há apenas quem se move e quem não se move.

Tudo isso e nem um pouco de aquilo, nem um pouco, não há o menor sinal de algo, algum ou alguém, nem de nenhum ou ninguém. Por mais que tente mudar o nome, não há o que encontrar, apenas vasculhar sem saber por onde, por aqui não sei por onde começar, interromper para descansar, voltar para ter certeza, raspar os dedos com mais leveza para não deixar nada escapar. Em busca de qualquer saliência que me despertasse, por menos que seja, à espera de que a busca seja aquela dos sonhos, que já não mais acontecem ou se deixam acontecer. Aqui não se sonha, nem durmo para que possa sonhar, o tempo inexistente ou imperceptível impede que o sonho flua. Jamais sonhei com as imagens congeladas, que sonhava a princípio. Sonhos, que teriam que ser com as imagens congeladas, mesmo que possuíssem as mais trágicas como a da faca no pulmão, bem próxima do coração, ou o jogo perdido ou o revólver que não dispara diante de outro revólver que dispara. Ainda bem que estou livre desta perda de tempo, não preciso mais sonhar, se viver posso viver acordado, mesmo que não saiba mais o que é ela, irrelevante questão.
Não me tocam mais estes problemas ancestrais, coisas do tempo da adolescência, já não sei mais quanto tempo atrás, centenas, milênios de dias, meses, mas de milênios.
É mesmo muito pacífico não mais ter estas interrogações ao escrever. Não exigem resposta porque não sabem nem se formular como questões.

Mas, quem sabe, se houvesse algum descaso, oposto de acaso, e emergisse algo, não sei onde, nem que fosse para provocar alguma curiosidade, aquela raiva, mal-estar ou inquietação que prende a questão. No meu caso, ficaria no mal-estar, já que as questões não surgem, jamais para evitar momentos absurdos, aqueles que nem surgem porque não têm onde surgir ou como surgir. A vantagem é que se não surgem não há pressão alguma para desaparecerem.

Realmente, cada vez me tranquilizo mais em não ter que conviver com o tempo, nem o agora, nem o passado, nem o futuro. Diante de um ponto, me vejo diante de uma paisagem infinita.

Na linha, posso deixá-lo só, não pede, nem espera, nem merece mais nada. Se contempla a si mesmo e, ao mesmo tempo, se dá a contemplar, contemplaria o branco a sua volta se houvesse como enxergar algo neste escuro. Nem se pergunta se seria referência para alguma dimensão, não importa quantas, para uma linha ou reta. Conclui que são puras utopias, talvez nem isto, apenas estórias para crianças dormir, como fábulas.

De tudo que não vejo mais, desde que tudo escureceu em meus olhos, a única ausência, que me irrita, é a do ponto e seu branco. Sem arestas, sem relevo algum, sem movimento, sempre no mesmo lugar, ainda que não se saiba onde.

Faço aqui o que não faço ali. Aqui, faço o que não faria fora. Não há porque estaria fora daqui, não tenho a menor visão nem daqui, nem do que haveria fora daqui, se é que há, já nem sei. Posso até me lembrar que houve algo, porém recuso-me a prever algo para não me tornar ainda mais grotesco. Imagina só, um personagem fazendo mímica de algo além, seja adiante, seja fora. Incrível seria a palavra justa, um eufemismo para idiotice, para palhaçada, para cômico ou histérico, para quaisquer outras palavras similares. Pior que absurdo, detestável como aquilo que existe, sem lógica, como estas frases que dizem "e ponto final", sem antecedente ou conclusões. Não há brecha alguma, no que escrevo por fora, fora do escrito. Não há nada que aconteça ou deixe de acontecer nem nesta página nem nas outras páginas do caderno. Entre eles, não vejo nem tenho que ver diferença alguma. O único sinal notável é o que me indica onde devo recomeçar, já que não escrevo sem pausa ou se escrevo sem pausa não estou certo. Sei apenas que me obrigo a parar para evitar alguma monotonia indesejada. Mas, é claro que poderiam ocorrer mais e mais distrações que impediriam de perceber os intervalos. No fundo, não os reconheço porque, a rigor, não são necessários. Esta possível monotonia é irrelevante, completamente irrelevante, inútil, talvez tanto quanto, qualquer tentativa de saber onde comecei a escrever. Não terminei, nem sei onde vou terminar se é que terminarei. Não há por que terminar, assim como não há por que comecei. Pior, nem sei se comecei. Nem onde comecei. É algo que, simplesmente, não se interrompe.

Continuo como comecei, como rotina, não há decisão alguma, seguir por seguir, segue por si mesmo, sem ponto inicial e, também por lógica, sem ponto final. Já, se não escrevi no início, não há meio, assim como não há fim. Há só um restar a continuar, inexorável raspar da pena no papel. O som do escrever, já que não vejo o que escrevo, é a única paisagem que tenho à minha volta, como um barulho de fundo que vem com aquele à minha volta. O escrever deve ter substituído a minha respiração, quaisquer outras das minhas atividades regulares. O respirar é bem similar ao escrever: inicia-se onde termina, cumpre-se onde se inicia por si mesmo.

 Desde que saiba quem sou e o que sou, sei que não sou daqui, nem tenho nada a ver com isto aqui, nem com o que vejo ou deixo de ver aqui. Ainda bem que não tenho o que ver, se visse seria pior. Veria o que não quero ver.

 Paro aqui o que parei ali também. Esta frase solta me faz lembrar de algumas histórias, de palavras vazias, minha memória funciona. Me lembrei de uma busca sobre a etimologia de aqui, assim como de agora. Conforme um velho dicionário "latino – vernáculo", usado quando criança, ambas as palavras possuem uma mesma origem: hic ou aqui e agora não é hic et nunc? Algo curioso, mas que não se refere a nada mais que eu possa conhecer. A minha volta, não há aqui, como lugar, algum. Nem muito menos, agora, como momento, como intervalo de tempo. Há apenas o ponto, mais escuro que o escuro, muito além do cinza.

Nem aqui, nem agora; sem aqui, sem agora, sem aqui nem agora; sem agora, sem aqui, nem aqui ou agora, nem agora ou aqui; sem nem mesmo agora, sem mesmo aqui; muito menos, aqui e agora; jamais aqui e agora, jamais agora e aqui; sem ou, nem, jamais, nunca aqui e agora; sem mesmo aqui e agora ou sem mesmo agora e aqui; qualquer hipótese, de aqui e agora, precisa ou aproximada, não importa. Seria um delírio, uma miragem, pura ficção, pura metáfora ou metonímia, uma figura de linguagem sem imagem alguma, uma figura irreconhecível, sem sentido algum, como é sem sentido pensar que estou aqui. Se não há aqui, não há por que este pensamento, se não há o que pensar, não há o aqui e agora, se não há o aqui e agora, não há o que pensar. Todas estas categorias, não sei e não quero saber, se esvaneceram, diferente do tempo que se esvaneceu antes mesmo de se fazer passando, presente ou futuro. Sua única pista está no tempo dos outros que continuo a usar apenas por hábito, de forma quase mecânica ou automática; se pensasse antes de escrever, não escreveria, apenas me imobilizaria. Me recusaria a escrever por que abomino as coisas medíocres ou ridículas. Pior, impossível, mais que impossível, detestável, me lembram de mim mesmo ou dos outros seres parecidos comigo. Irretratáveis, ainda bem que não preciso mais viver com eles, não me obrigo mais a conviver com nada. O escuro me dispensa de ter que suportar seja o que for, talvez seja por isso que me digo não à luz, assim como aos sons. Em especial, porque se acontecesse, teria que dispensar o escrito acima sobre a falácia do aqui e agora, uma expressão inventada por falta de ter o que pensar, por simples jogo de palavras, seja qual for a língua, por ingenuidade ou simplismo levado ao extremo, quase obsoleto se não houvesse o começo e fim das palavras.

    Sim, recuso estas simplificações que são falsas simplificações. É por isso que talvez chegue ao ponto de não mais escrever. Se por recusar algumas palavras ridículas, em breve, de tanto recusar, chegarei a um ponto de impossibilidade de continuar, Nem por isso, deixo de voltar ao aqui e agora, gostaria de encontrar uma forma de aniquilar esta expressão. Tentaria até escrever as letras sem formar palavra alguma se isto me tivesse serventia, além da inutilidade, não resolveria, aqui e agora continuaria a se exigir nada. Aqui não há enterro. Se aqui houvesse algo, com certeza não seria uma pessoa, nem seriam pessoas, ninguém estaria às vésperas da morte, não haveria nenhuma morte. Os outros, aqueles que vieram comigo, se vivos não sei deles, assim como também não sei se mortos ou quase mortos. Se a morte é um privilégio de quem vive, como não sei se há vivos, como não sei nada sobre os outros, assim como não sei nada sobre mim, não tenho nada a escrever sobre esta incógnita, assim como muitas outras, tão inacessíveis que nem dúvidas provocam. Ou melhor, que não se destacam no estado de dúvida completa a que me reduzi para não me

inquietar, para me aquietar. Para não me
perguntar nada, me coloco entre a página
em branco e a página em preto porque não a
vejo. Meu esforço se concentra em encontrar
o que escrever, mesmo que não saiba por que,
mesmo que não tenha o que escrever, mesmo
que escreva para renegar o ficar sem escrever,
a poder negar qualquer afirmação, velho
hábito que ainda conseguirei abandonar. Lá
atrás, antes de começar a escrever, vivia em
busca de algo a escrever, tive que interromper.
Então, escrevo nesta sequência para escrever,
sem mais, nem menos. Cada palavra pode
me exigir esforço, muito ou pouco, total
ou nenhum esforço, mas não faz diferença
alguma. Enquanto escrever não é mais que a
passagem da pena, o ruído, no papel. O que
resulta, mais que um jogo, é um mistério,
uma tentativa de criar o cinza no escuro
negro, não para ser visto com certeza. Apenas,
para se saber escrito. Não importa se será
legível ou ilegível, não é por isso que decidi
me colocar a escrever, não tenho a menor
ideia sobre o porquê escrevo ou sobre o que
tenho escrever. Tenho certeza que não é para
ser lido, assim como não é para responder
a nenhum esforço interior. Isto é algo que
desconheço, por mais que tente não encontro
nada interior. É todo preto, vazio ou pleno,
por dentro como por fora. Assim, como
não há mais nada que possa me significar,
que possa me fazer contar algo sobre mim
mesmo. Sei que estou em um aqui porque
não há ninguém aqui. Ou será que deveria
escrever "em um alhures", "em um nenhures",

em um "nowhere", em um "nohere". Quem sabe "nec hic", se fizer sentido. Isto seria também preciso, com a possibilidade de mais se referir a um lugar, algo que não sei mais o quer quer dizer. Para mim, nesta escrita, que dizer de um ou outro lugar, assim como um ou outro tempo. Ou, sem lugar e sem tempo. É bem por onde sei estar, sem nada além de mim mesmo e esta mesa ou algo que meu tato indica ser uma mesa, ainda que não alcance onde terminam, onde terminam os pés da mesa, por mais que me faça contorcer. Viro-me, com os braços abertos para tentar encontrar alguma resistência, algum limite. Inútil, não encontro. Nem quando me levanto, com os braços estendidos. Não encontro nada acima de mim. Não me arrisco a deitar no chão, nem mesmo a tentar me apoiar além de meus pés, com muitas chances poderia não encontrar nada a mais que um buraco, em um vazio. Como não sei o quanto haveria de profundidade sem fundo, não me arrisco mesmo. Prefiro ficar quieto onde estou, como não deixo de estar, como não poderia deixar de estar, não há por que não ficar por aqui. Ainda bem que não possuo curiosidade alguma. Não me interessa o que poderia encontrar, se é que algo existe a ser encontrado. Mesmo se encontrasse seria uma névoa preta como é todo preto por onde estou, neste lugar nenhum, neste além do vago. Nesta certeza de incerteza plena. Sim, nesta perfeição do vazio, onde tudo acontece como que poderia ser vazio. Não estou nem em lugar algum que possa dizer qual é, sem vê-lo não há como nomeá-lo, no máximo, poderia inventar-lhe um nome, poderia ser um qualquer que jamais estaria errado. Não haveria nunca como saber. Seria tão fora do mundo, mais do que me possa estar, assim como não sei mais nem como sou. De tanto ver o preto, acho que já não tenho mais nenhum tato, assim como não sei o que está à frente ou atrás, acima ou abaixo, em pé ou deitado. Não reconheço mesmo mais nada. Nem aqui, nem agora, nem amanhã, muito menos. Entre hoje e amanhã, não existe mais diferença alguma, nem divisor algum. Se não há diferença entre um segundo e outro, entre minuto e minuto, entre hora e hora, como seria possível entre dia e dia, semana e semana, mês e mês, ano e ano? Posso estar aqui há quase um século ou talvez mais e não sei. Nem tento pensar este assunto, já se afastou de minha cabeça, sem deixar rastro algum. Se pudesse, teria feito como os náufragos ou prisioneiros, não tenho como me guiar para registrar esta passagem do tempo. No escuro, não há como saber se algo acontece. Posso fazer o primeiro risco, correspondente a um dia, mas quando poderei ou deverei fazer o segundo risco. Impossível. Só posso concluir que nada acontece, algo deve fluir como seria de se esperar, mas até onde posso saber, nada revela este fluir. Por absurdo que pareça, poderia afirmar com certeza plena que estou neste lugar desconhecido há muito pouco tempo, ou melhor, há nenhum tempo. Nem um segundo, nem um minuto, nem uma hora, nem um dia, nem um ano, nem mesmo um ou mais de um século. E pensar que a virada de ano sempre foi uma data muito importante para mim, como indispensável para saber que a vida estava viva. Não me faço nem mais esta dúvida, é irrelevante saber se a vida ainda está viva, se vivo, se continuo a viver, se não vivo mais. Se todos os sinais desapareceram ou não se deixam perceber, não posso mesmo concluir nada. Se soubesse como seria após a morte, teria alguma referência para, com segurança, saber se meu estado corresponde a algum estado. Mas, não é assim. Estou em uma névoa muito escura, preta mesmo, de ignorância total. Até mesmo as questões, as interrogações não se colocam mais. Seria mesmo inútil inventar uma pergunta sabendo se não há resposta, não haverá resposta. Como exemplo destas absurdidades, ridículas, veja-se "Em que lugar estou?" No presente, estou em um lugar qualquer ou, portanto, um lugar, melhor, alhures ou nenhures como escrevi antes. O que aconteceu? Ou tudo que não me lembro ou nada como me indica o que acontece. Continuo sentado no mesmo lugar, a escrever sem parar, a pensar o que escrevo e nada mais. Nada tenho a ver para conhecer ou reconhecer, nem para desconhecer ou ir reconhecer. O que espero? Também nada, esperar algo é um estado que não vivo mais. Posso ser até mais radical – nunca esperei, não espero, não esperarei, para cobrir todas as possibilidades que demonstram que a palavra espera, ou similar, não existe. Se alguém a meu lado, seria aqui. Deve haver alguém a meu lado, pronto para me incomodar. Não tento encontrá-lo, ainda que saiba que não há ninguém, seria detestável se o encontrasse. Teria que começar a escrever no plural, deixaria de ser eu mesmo. Passaria a ter menos certeza que sou algo, muito menos certeza. A presença de um outro me condenaria a ter que começar tudo, a fazer tudo errado, a me obrigar a pensar, a ter que negar antes mesmo de afirmar, não importa o que. Enquanto sigo a escrever por mim, sigo. Se estiver a seguir por outro, deixarei de escrever. Passarei a ter que terminar e esperar por uma resposta, não importa qual, nem que como o meu eco. Estaria condenado a ter que desaparecer, o que aconteceria se não tivesse eco ou onde me apoiar, algum suporte.

    Pior, passaria a ter que escutar algum som, além do raspar da ponta da pena da caneta. Trágica também seria a possibilidade que este alguém viesse de fora, muito trágica: anúncio do fim, como se pudesse algum fim acontecer, como se algum limite viesse a se importar. Seria algo que obrigasse a uma pausa no escrever, antes sem fim, agora às vésperas do fim. É grave, ou melhor, é trágico como se algo tivesse que ser previsível. Haveria pior ou melhor, nada mais impossível, nada mais desagradável, nada mais inquietante. Não, não é por um caminho assim que continuo. É melhor continuar como sempre continuo. Sem nenhuma crença em algo além do que escrevo, a algo em torno, a um dentro e um fora. Absurda mania de colocar ou retirar limites, como se fosse possível deixar marcas por onde se anda, impossível neste mundo sem nada que se faça perceber ou imaginar. Ou seria uma ambição do passado que não sei mais o que é além ou aquém do final.

Mesmo sem o início, para marcar algum outro, mudar um pouco o ritmo da escrita, preferia parar de usar o eu, a única pessoa que conheço, ainda que não possa reconhecer. Preferia passar à terceira pessoa, ao ele ou ela. Não posso. Para ser um ele ou ela verídicos, precisaria conseguir percebê-los, de alguma forma. Se não vejo, não escuto, não sinto o cheiro ou não toco, nem tateio, como posso me referir a um outro, existente ou inexistente? Seria uma reles invenção, ficção como falácia, pior que ilusão. Não há outra alternativa, senão continuar a escrever como escrevo.

Tenho que continuar assim mesmo, sem mudar de forma de não ver, de não precisar ver, de apenas me saber porque escrevo eu. Já tentei falar ou gritar, impossível, não escuto, nem sei o que dizem os movimentos de minha boca.

Se não houvesse começo, como haveria final? Seria como uma interrogação? Seria como uma interjeição? Não precisaria ser como uma negação? Como não houve começo, a resposta é única, uma negação de tudo que se escreveu e de tudo que há a escrever.

É ainda mais claro diante dos sinais. Para tudo que pergunto, que tento buscar ou encontrar, chego sempre ao não encontro, não só pelo que posso saber, pelo que não posso saber, me obrigo a voltar atrás, mesmo que saiba que não chegarei a resposta alguma. Não me incomoda repetir a busca, já sabendo o final. A única coisa nova que sei é que deverei parar em breve. Os sons da pena no papel estão diferentes. Falham a cada letra, assim como faltam poucas páginas, duas, não mais para acabar o papel. Bem na hora, um alívio que o papel acabe junto comigo. Voltei a sentir frio, muito frio, cada vez mais frio. O tato mudou, em tudo que toco sinto uma lâmina de gelo, inclusive na pele do meu rosto. Ainda bem que não preciso ver para escrever. Meus olhos parecem congelados. Por ridículo que seja, me acredito ser um personagem de Dante, no Inferno, no canto em que os condenados estão presos em um mundo de gelo eterno, enterrados no gelo até o pescoço. Suas lágrimas de arrependimento, quando escorrem, congelam-se imediatamente. Segurar a caneta, também gelada, é uma tortura. Antes, um alívio, agora é dilacerante. Quase insuportável, porém, não é impossível não sentir. Na verdade, não tenho mesmo o que esperar. Se antes não havia o que esperar, como uma forma de não viver o tempo, agora, se algo há a esperar, nada mais é que o fim.

 Insisto, nem aqui, nem agora. Nem aqui pois desconheço onde estou, não sei nem onde, nem como é o lugar, se é que estou em algum lugar. Não sei que estou em algum lugar, se é que isto, lugar, existe ou pode existir. Pelas evidências, não há lugar nenhum, se não passa de um nenhures, como já escrevi. Para ser um aqui precisaria conhecer ou reconhecer como é onde estou. Impossível, não tive, não tenho e, com certeza, não terei nenhuma prova de existência deste aqui, deste lugar onde estou. Ver não vejo nada, nem cinza escuro ou algum tipo de névoa escura, vejo o preto mais preto; sem ruído algum, também o silêncio é o mais silencioso, como se minha audição desaparecera. Mas, tenho certeza que a minha audição segue funcionando. Raspo uma unha a outra, junto a orelha, e escuto um som próprio, como o tic-tac que sempre escutei. Portanto, o problema não é a audição. Ela está perfeita, sem dúvida alguma. A ausência de ruídos vem do exterior, não há nada a minha volta que produza algum som ou algum eco. Nem quando piso, nem quando bato palmas ou quando bato no caderno onde escrevo, não acontece nenhum ruído. O único som que consigo produzir é escutar o raspar da pena sobre o papel quando escrevo.

Da mesma forma, quando me atrevo, entendo meus movimentos, mas não consigo tocar nada, além da mesa onde escrevo. Não me atrevo a levantar para encontrar alguma parede, algum limite, me arriscaria a sair em um vazio desconhecido, sem fundo.

O teto também, não se fala, por mais que tente não toco em nada acima de minha cabeça, quando em pé. Posso até escrever que o teto desapareceu ou que nunca existiu, porém, não teria certeza, seria apenas uma suposição, uma dúvida de impossível resolução, de esclarecimento também

impossível. A própria palavra esclarecimento,
no sentido de jogar luz sobre uma questão,
é vã. Não há dúvida que não há luz alguma
a minha volta. É tão escuro que não consigo
nem imaginar o que pode existir ou acontecer
ao meu redor. É mais fácil concluir que aqui
não existe aqui algum.

    Nem entrada, nem saída. Antes de
começar a procurar, me vem a conclusão
como um preâmbulo. Não me basta e começo
a investigação, claro que sem me mover,
por cautela, com medo do buraco infinito
que deve me cercar. Entrada é um mistério,
não me lembro por onde entrei, se é que
entrei. Lembro-me apenas de estar nesta
cadeira, tudo que veio antes, como tudo o
que pode acontecer depois é irrelevante.
Além disso, para haver uma entrada deveria
haver um exterior. Sei que este lado de fora é
uma falácia, porque não sei nem de dentro,
dentro algum. Assim como não sei de tempo
nenhum ou, espera muito menos. Na verdade,
estou, continuo, escrevo, não vejo, só vejo o
ponto, não escuto mais que o raspar da pena,
não tenho passado nem futuro. Nem tento
nada para voltar atrás ou esperar o futuro.
Esperar seria me condenar a morrer, vulgar
necessidade de meu lado humano. Pior,
arriscaria encontrar um outro humano. Não
sei se suportaria, não serviria nem para me
trazer a luz. Ele, com certeza, já desapareceu.

    Aqui, no fundo do mar, estou em
paz, comigo e com os outros. Não preciso
me ocupar em tentar sair ou esperar a
saída. Estou seguro que ela não existe.

Esta conclusão me basta. Sigo em frente, a escrever, sem imaginar nada. A minha imaginação acabou, assim como acabou qualquer tipo de sentimentos. Um imenso alívio, não preciso mais me suportar, suprema tortura, ter que contemplar o ridículo sem parar, nada pode ser pior, ainda que não saiba o que pior ou melhor, como se uma destas palavras correspondesse a algo. Não há nada mesmo a aceitar, apenas recusas. Para aceitar, preciso de algo existente. Como qualquer coisa externa é duvidosa, prefiro não suportar a dúvida. Recuso antes mesmo que seja possível ou impossível, como é mais plausível. Recuso para continuar a estar em paz, a não precisar pensar, a não correr nenhum risco de voltar a ser ridículo. Talvez, seja por isso que, desde que comecei a escrever, nunca senti falta de nada, nem do presente nem do passado. A única coisa que me falta e procuro é uma palavra ou uma frase que descreva como pode ser enigmática a minha situação. Porém, se não sei como estou, não há porque surgiria a palavra.

    Nem posso dizer em que idioma esta palavra seria escrita. Corro o risco de que esta palavra venha de um idioma que desconheço, sem que houvesse a probabilidade de escrevê-la. Sabendo que existem milhares de idiomas, é mais provável que esta seja a hipótese a confirmar. Não há, portanto, palavra alguma capaz de terminar este texto. Só me resta continuar, ou melhor, recomeçar, em um ciclo interminável, para não dizer abominável ou insuportável. Minha situação poderia ser uma festa, um bem-estar contínuo, se não fosse a obrigação de escrever, sem razão alguma; apenas, como uma condenação ao exílio.

    Ainda nem sei se estou pronto, em lugar mais ou menos sólido, putrefato ou não, ruidoso não deve ser porque não escuto nada. Qualquer ruído, de dentro ou de fora, se perde antes de chegar a meus ouvidos. O escuro não deixou de ser preto, sem luz alguma. Sem espera alguma, é claro, porque não sei de mais tempo algum. Meu único temor é de que alguém apareça para dividir este espaço. Acho que não haveria espaço para mais de uma pessoa. Se me derrubasse e se fizesse sentar na minha leveza de escrever, se fixaria como estou fixado, imóvel e resistente a qualquer esforço para jogá-lo fora. Teria que suportá-lo solto, sem poder amassá-lo, por aqui não sei onde poderiam se encontrar os barbantes ou os esparadrapos para amassá-lo, amordaçá-lo, imobilizá-lo. Mesmo se os encontrasse, seria uma operação complexa. Não sei se seria possível sem conseguir ver nada, sem sentir nada. Só conseguiria se me ocorresse algo como delírio que me ensinasse a fazer algo irreal, mas que seria o que o real exige. Mas, tenho certeza que conseguiria. Amassaria seu corpo e braços e pernas, se é que ainda tivesse braços e pernas, com quantas voltas fosse possível. Tantas quanto necessárias para imobilizá-lo. O mesmo repetiria com o esparadrapo nos olhos e na boca. Por caridade, deixaria as narinas livres para que continuasse a respirar. Quando tivesse certeza que não iria mais se mover, notaria esta bola de carne, osso e roupa, como um novelo de lã largado, para deixá-lo em algum canto, não importa se desconhecido, se na superfície ou no fundo do buraco que pode me circundar. Esqueceria dele, sem remorso algum, sem alegria alguma. Finalmente, estaria livre de uma ameaça grave, pronto para enfrentar outras. Só espero que a próxima não se faça cúmplice da anterior. Não resistiria às duas, quem passaria a ser o amassado, enovelado e jogado no canto, seria eu, condenado a continuar a escrever não sei como, se é que preciso saber ou se há algo a saber. Nem sei se ainda lembro como as letras se desenham. Não importa. Posso parar de escrever assim mesmo, não irei mais longe.

....

Meus dedos ainda não congelaram, poder continuar a escrever me confirma que ainda não enrijeceram nem racharam. Não posso dizer o mesmo sobre o resto do corpo, não sinto mais nada.

    Me lembro, porém, que começou nos pés, cobertos pela água gelada, quase até o meio das pernas. A dor irradiava pelos músculos das pernas, fez uma pausa nos joelhos, mais aguda, seguiu pelas coxas, vinda dos ossos. Tive um tempo para entender que era o frio disseminando-se, rápido como formigas cavando um formigueiro, tomou o resto do corpo. Voltei a lembrar do Inferno, logo o esquecia, a memória se recusava a voltar atrás. Agora sei que o frio, mesmo congelante, é suportável. Na verdade, sei que é possível, porém, mais impossível que imaginava. Ainda bem que não sei mais o que é o tempo, se soubesse diria que não sei quanto tempo suportaria. Como se isto fizesse alguma diferença.

Depois de uma pausa, noto algo que já esperava. O som da escrita, o raspar da pena sobre o papel, torna-se mais agudo. Com certeza, não é por falta de tinta. Também com certeza é que a tinta se congela. Sei disso porque quando bafejo na ponta da caneta para esquentar a tinta, funciona. Volta a escrever. Porém, pelo som, noto que a cada tentativa menos e menos tinta chega ao papel, o som torna-se mais agudo. Na verdade, deve ser por causa de meu sangue que se esfria cada vez mais, não tem mais calor para esquentar o bafo e derreter a tinta. As lágrimas geladas não me incomodam, basta fechar os olhos para que derretam. Como não vejo diferença entre os olhos se fechados ou abertos, é mais confortável deixá-los fechados, se é que ainda poderiam abrir. Não é um problema, problema mesmo é o que acontece com a tinta. Seria mais que lastimável se não soubesse escrever, se tivesse me resignar a aplicar a ponta da caneta no papel sabendo que não deixaria rastro de escrita alguma.

Se tiver que parar de escrever, terei que me matar. Porém, já pensei nisso: é uma tarefa impossível. Não pode ser por fome ou sede, nem por frio, não tenho nenhuma corda ou fita para me sufocar. Se pular da mesa contra o chão ou a parede, será cômico demais. Não sou palhaço. Tenho que me resignar, se parar de escrever, me condeno a uma execução eterna, sem saber quanto ela me ocupará.

    FIM,
    se há fim

Obras do autor

Aumente sua Renda, Invenção
Todos os Corpos, Corpus, Perspectiva
Corpo de Mulher, MG
A Gênese da Pintura, Edusp
H. Fiaminghi, Edusp
Viagem a uma Mulher, Ars Poetica
Uma Lua em Paris, Ateliê Editorial
Isabella, Com-Arte
Mulheres de Passagem, Ateliê Editorial
Fiaminghi: Corluz, Sesc

Título *Sem Aqui, Nem Agora*
Autor **M. A. Amaral Rezende**
Editor **Plinio Martins Filho**
Produção editorial **Carolina Bednarek Sobral**
Design **Casa Rex**
Revisão **Ateliê Editorial**
Formato **12x21cm**
Tipologia **Utopia e Object Sans**
Papel **Chambril Book 120g/m^2**
Número de páginas **72**
Impressão **Bartira Gráfica**